心路诗雨

陈永著 著

黄河出版传媒集团
宁夏人民出版社

图书在版编目（CIP）数据

心路诗雨 / 陈永著著 . —银川：宁夏人民出版社，2018. 1

ISBN 978 - 7 - 227 - 06835 - 8

Ⅰ. ①心… Ⅱ. ①陈… Ⅲ. ①诗集—中国—当代 Ⅳ. ①I227

中国版本图书馆 CIP 数据核字（2018）第 001400 号

心路诗雨 陈永著 **著**

责任编辑 杨敏媛
责任校对 管世献
封面设计 王 稳 陈 薇
责任印制 肖 艳

黄河出版传媒集团 宁夏人民出版社 出版发行

出 版 人 王杨宝
地 址 宁夏银川市北京东路 139 号出版大厦（750001）
网 址 http：//www. nxpph. com http：//www. yrpubm. com
网上书店 http：//shop126547358. taobao. com http：//www. hh-book. com
电子信箱 nxrmcbs@ 126. com renminshe@ yrpubm. com
邮购电话 0951 - 5019391 5052104
经 销 全国新华书店
印刷装订 四川金邦印务有限公司
印刷委托书号 （宁）0008218

开本 787mm × 1092mm 1/ 16
印张 9. 5 字数 150 千字
版次 2018 年 3 月第 1 版
印次 2018 年 3 月第 1 次印刷
书号 ISBN 978 - 7 - 227 - 06835 - 8
定价 48. 00 元

序

诗雨潜入夜，心路自留痕

李自国

翻开《心路诗雨》，首先打动我的是一位诗人笔耕不辍的恒心、毅力与坚守。近五十年来生活的形状与片影，在陈永著的笔下徐徐展现。因为对生活的热爱与铭记，陈永著善于用文学丰富自己的内心与灵魂，且历经时间的考验而经久不衰。他写情感、写风景、写人生，写家国大事，写他经历和看到的当下现实生活，回头梳理成集，是一种弥足珍贵的写作姿态！

古体诗歌讲究平仄，但是在陈永著的笔下，他不仅仅囿于平仄，而且语言精炼，讲究韵律，有内在的节奏感，写得自在大气，随心随意却又不逾越规矩，放得开，却又收得住。“夜深江风凉，林密月影稀。异乡难入梦，恨不到和溪。”（《恋乡》）写这首诗的时候，作为一介中学生的陈永著年轻而充满朝气，内心充沛着时代的激情。仅仅凭着一种情绪，一种感触，其诗歌就迸发出真实感人的古典情愫与现代意识。

与其他的文学体裁相比，诗歌是最不能遮蔽作者心性的。文人的性格、立场、价值观，甚至彼时写作的心境，可以潜藏在小说人物中，可以用散文状物之笔遮遮掩掩，但诗歌却不一样，诗歌要求诗人用最精准的语言，表达最丰富的思想和情感，用诗歌语言呈现最真实的自己。像李白的豪放飘逸，杜甫的沉郁顿挫，白居易的浅直均易，李商隐的深情绵邈等等。陈永著写“音信无影不胜哀，愁思难解独徘徊；安知春风度不度，传信青鸟几时来”（《情感》），写“翠色连溟空，小亭自迎风；扁舟偏逐浪，笑谈烟波中”（《观吴征笔墨山水图》），写“望江公园望江楼，望断锦江无尽头；沿途多少浣纱女，一路濯锦顺水流”（《登望江楼》）……这样的诗句体现了诗人陈永著的文字气场，他积极乐观的人生态度，飘逸洒脱的处世理想，爱国爱家的精神追求和不屈不挠的奋斗精神，使他的诗歌犹如昂扬向上的交响乐，多声部交相辉映，洋洋洒洒如江河奔流，书生意气，初衷常在，矢志不渝。

2008 年 5 月 12 日，汶川发生特大地震。面对灾难，陈永著赋诗一组——《有感汶川大地震》，其中写道："汶川地震势凶猛，地裂山崩力无穷；江河改道山解体，房屋倒塌万物空。父母妻儿多不见，废墟瓦砾寻无踪。悲天怆地频呼唤，亲人何时一笑逢。"面对灾难，诗人忧心忡忡，感叹天灾无情，人类的弱小与无助。写"地动山摇不胜哀，汶川地震苦难言。房屋财产顷刻尽，男女老幼土中埋。千金失却可重挣，亲人逝去不复来。日思夜想情难了，万千哀痛萦心怀。"直抒胸臆，与国同悲，体现了诗人博大的家国情怀。在这样的诗歌中，陈永著毫无犹豫与纠结，洞穿人世，入木三分，"人生何苦争长短，是非自然有天公。淡看身前身后事，但求平安自从容"。这一点，让人不自觉地心生感佩和敬仰之情。

诗品即人品，我们读诗，即是读人。陈永著行过许多的路，看过无数的风景，遇见无数的人。在他的笔下，有众多关于足迹所至之处的吟咏——《青城山》《乐山大佛》《蜀南竹海》《登岳阳楼》《故宫游》《云南石林》《丽江古城》《扬州瘦西湖》等等。他咏迹感怀，修身齐家；他有宽厚的人性态度，敬仰百折不挠的人生。“方辞锦城散花楼，又趁三月下扬州。悉心体会诗中意，来效古人附风流”（《扬州三月行》），“夫子庙前商贾旺，江南贡院多名人。内外秦淮终一统，箭楼高耸中华门”（《南京印象》）。写诗，好似成为陈永著生活的一种习惯，一种生命的本能，倾心钟爱。都说习惯和本能那根弦的另一端，一定系着纤尘不染的灵魂。醉心文学的几十年，诗歌不自觉地充当了诗人传递个人精神和美好的驱动力。“成老朽，享余秋，夕阳无限何须忧。相约十年白头后，乘兴再登九天楼。”（《次韵和先雄诗一首》）

读陈永著的诗歌，你会为那些曾在他的生命中出现的所有人——亲人、朋友、爱人而庆幸，因为他用自己饱蘸感情的文字，记录下了他生命中的重要时刻，有怨有惑，有愁有叹，时而苦涩，时而忧伤，喜悦时吟咏，哀悼时悲壮。那些《中秋寄怀》《桃源梦恋》，那些来来往往的瞬间，天上流云和人间风景，只要在他的生命中闪现，都在他的文字中留下了剪影。“下乡西溪幸识君，朝夕难解思念情。但恨为何无青鸟，情思无寄空自吟。”（《感意呈泽军》）诗人的一腔情意表露无遗，当“你仍是我心目中的织女，虽然我终非你眼中的牛郎”，“我诚心希望，为了彼此共同的文学爱好……互通文墨，互相酬唱”。陈永著的写作，是一种高尚的精神劳作，其目的是制作精神情感的产品。他像是文学工坊里一名辛勤的劳作者，一边坚持，一边固守寂寞，也正是这样的坚持与寂寞，让我们听到了他内心的声音，捕捉到他飘逸的灵感，和这般属于他的文字。“芙蓉城里芙蓉花，风姿绰约世人夸。枝繁叶茂花色艳，占尽秋色独一家。”（《芙蓉秋韵》）“凤凰古城凤凰栖，人间美景话湘西。山深存得古风在，林密隔却尘世羁。”（《凤凰古城记游》）在这个喧嚣的年代，用写作丰富人生，是每一个文学爱好者最简约的修行。陈永著努力使自己知行合一，在诗歌中寻觅到了安放身心最佳的方式。

借用诗人杜甫在其《春夜喜雨》中“好雨知时节，当春乃发生。随风潜入夜，润物细无声”这一名句，似可将陈永著的诗歌看作一如其诗集名《心路诗雨》一样，“诗雨潜入夜，心路自留痕”。陈永著是他自己人生的忠实记录者，用诗歌铭刻了自己近半个世纪以来那些触动自己的时刻。诗歌和他的心灵轨迹一道，轻重互补，刚柔相济，为自己丰沛的人生染上了生机勃勃的文学色彩。

是为序

2017 年 10 月于星星楼

（李自国，笔名西村，中国作家协会会员，四川省作协主席团委员，著名诗人，《星星》诗刊副主编，国家一级作家）

目　录

引　子

一九六八年春，为避武斗，免遭误伤，作为一介中学生的我，亦随同大流，与众多同样年轻、单纯的同学们一道，告别家园，背井离乡，上黄龙，下西溪，越神庙，过涪江，日行百二十余里，仅用一天半的时间便走完他人三日路程而达遂宁。次日再至简阳，颇为疲惫。凑巧，该县公园设有革命群众组织接待站，食宿免费，且环境优雅，于是我等数人便暂栖园中，以稍解劳顿，得息惊魂。

简阳公园远隔市曹，紧邻沱江，依山傍水，鸟语花香，古朴典雅，韵味悠长。闲居之下，引发出吾之缕缕诗情……

离　乡

（1968.05）

避祸支身轻，独至沱江滨。
闲来寂寞处，更觉倍思亲。

思　乡

（1968.05）

江边一楼台，登台独徘徊。
不见家乡水，唯见沱江来。

望　乡

（1968.05）

临江清风吹，思亲意难灰。
登高望故土，可望不可归。

梦　乡

(1968.05)

离家已数月，倍觉时日长。
夜来早入睡，借梦回故乡。

恋　乡

(1968.05)

夜深江风凉，林密月影稀。
异乡难入梦，恨不到和溪。

注：和溪，作者家乡四川省岳池县旧称。

望乡台

(1968.05)

身处异乡地，心向望乡台。
日日盼登临，为见亲人来。

异乡行

（1968.05）

独在异乡为异客，分明有家归不得。
四顾不见亲人面，满怀愁肠无处白。

访友偶得

（1971.05）

前诣友家中，欢谈意正浓。
坐看飘忽影，疑是广寒宫。

感意呈泽军

（1971.08）

下乡西溪幸识君，朝夕难解思念情。
但恨为何无青鸟，情思无寄空自吟。

注：酉溪，即四川省岳池县酉溪镇，系作者当年作为知青的下乡之地。

青鸟：《汉武故事》载，女仙西王母至汉武帝宫中时，先有青鸟飞至殿前。后世便以青鸟指使者。

再呈泽军

（1971.08）

银城数载苦不知，今得下乡始相识。

慕思今露已恨晚，即修燕好应无迟。

注：银城，四川省岳池县的别称。燕好，喻男女爱恋、婚姻之好。

情　怨

（1971.08）

把心问清空，吾岂玉门中。

不甘怨杨柳，含笑待春风。

注：杨柳，即《折杨柳》，古曲名。唐朝诗人王之涣《出塞》诗中有“羌笛何须怨杨柳，春风不度玉门关”之句。

情　惑

(1971.08)

音信无影不胜哀，愁思难解独徘徊。
安知春风度不度，传信青鸟几时来？

愁　思

(1971.08)

愁思何所依，奈何无良机。
将心寄明月，相会望有期。

读信有感答泽军

(1971.09)

读信百感生，潸然泪沾巾。
谢汝绵绵意，慰我切切心。
前程虽自重，情谊望更深。
路道任坎坷，愿与共浮沉。

附：罗泽军原诗

骄阳冉冉旭辉映，东风浩荡万木春。

雄鹰凌空翔万里，何为家雀误前程。

读泽军来信有感惜而劝之

（1971. 09）

惜友屈乡村，鸿鹄志未伸。

用武恨无地，委曲事躬耕。

花落何足虑，蓄芳宜自珍。

待到春暖日，香气满乾坤。

自　叹

（1971. 12）

方脱知青苦生涯，便陷梨园不自拔。

瞻念前途路道险，无奈虚度好年华。

观松涧图有感

（1973.05）

世若有此景，幽隔尘缘情。
不堪相思苦，来伴松涧声。

观吴征笔墨山水图

（1973.05）

翠色连溟空，小亭自迎风。
扁舟偏逐浪，笑谈烟波中。

观果城王先生书法演示

（1973.06）

习字虚心不自夸，神工鬼斧笔生花。
挥毫势若行云水，龙飞凤舞赛名家。

果城：今四川省南充市别称。

雨夜思

(1974.03)

春夜暮雨早，达旦坐待晓。
愁苦思恋人，心迹何处表。

祭侄诗五首

(1974.04)

(一)

陈怡生来任人夸，不意沉疴伴生涯。
华佗无术春已去，空撒哀痛遍阖家。

(二)

爱侄久病不胜哀，尚思愈后望成材。
如今孑然一身去，亲人思会缘梦来。

（三）

痛惜小怡病生涯，一朝竟赴黄泉沙。
睹旧日日三次哭，不见病子泪眼花。

（四）

清明祭陈怡，遥向极乐西。
难扫墓前土，唯有泪唏嘘。

（五）

哀思寄清明，未语泪涕零。
愿脱千日苦，超然九天行。

苦涩的恋情

（1975.01）

披着晨雾我送走了好友，
迎接信使又冒雨来到车场。
挨过整日的焦虑与忐忑，
渴望一线最后的转机与曙光。

冬日的夜空弥漫着阴冷的小雨，
寒冷的北风肆虐着行人裸露的脸庞。
暮色中的车站显得格外清冷，
雨丝下的游人行色更加匆忙。

看到眼前的凄凉景象，
联想到自己难料的恋情下场。
心中不禁泛起一阵不祥的预感，
就像这阴霾倒霉的天气一样。

客车呜咽着爬进车站，
我紧紧按住怦然跳动的心房。
信使落魄地走下车来，
手握画轴，满脸忧伤。

画轴里有我亲手创作的书法作品，
作为试探送给我心爱的姑娘。
看见它被原封不动地退了回来，
痛苦的泪水瞬间盈满了我的眼眶。

信使——我的挚友，
向我叙述着此行的经过，
无奈的脸上流露着同情，
并时时向我投来安慰的眼光。

随着事情的铺述，
我的脸色苍白得如死人一样。
我终于明白自己四年的努力与期望，
如今已化为一片难以实现的梦幻。

泽军，
我无尚崇敬的女神，
倾心爱慕的姑娘，
今天终于让我将失恋的苦果饱尝。

想不到啊！
一向温柔含蓄的你，
今天竟变得如此冷漠，
如此决然。

当然，你有你拒绝的理由，
我无可厚非，妄加猜想。
可事情也并非完全如你所说，
是我自作多情，误会一场。

我们的爱恋并非无根无据，
只是在对爱的表达上，
你显得较为含蓄，较为隐晦，
我表达得太过直白，太过张扬。

回溯我们最初的相遇、相识与相交，
总是那样令人振奋，令人神往。
上山下乡使我们偶然相识，
一见钟情是我对你最初的印象。

书信成为我们最直接的联系方式，
诗文才华加深了彼此的了解与情感。
共同的情趣与志向，
为我们架起了友谊的桥梁。

四年的交往充满着无尽的关切与挚爱，
亦不乏时时的苦恼与忧伤。
但“好事多磨”，
我对你始终怀着坚定的信念与期望。

我知道你的人生理想，
也清楚你对我的殷切希望。
我们都一心追求高雅与完美，
不甘平庸与寻常。

可在当前这特殊的历史时期，
择业岂可自主？
工作难保理想，
谁能将命运真正掌握在自己手上？

无缘高校深造，
不能参军、进厂。
为了服从组织的安排，
我只得进入那倒霉的专业剧团。

剧团虽非旧时的戏班，
剧团虽已戴上革命的桂冠，
但中国千百年的习俗，
仍难改人们世俗的眼光。

诗词歌赋果不了肚腹，
琴棋书画御不得风寒。
身陷梨园的我，
纵有才华，也只枉然。

没有体面的工作，
亦无耀眼的光环。
难脱平凡的我，
自愧难入你高贵的目光。

但四年的情感我难以割舍，
四年的追求无法一下抛光。
四年中我们若即若离的关系，
使我产生一次次的美好幻想。

我幻想奇迹的出现，
幻想你能摒弃世俗与前嫌，
与我长相厮守，
再续以往。

然而奇迹实难出现，
幻想终归幻想。
如今你的毅然与决断，
终于打消了我的痴心妄想。

人各有志，岂可勉强，
一厢情愿，怎能成双。
既然你已作出决断，
我只得将自酿的苦酒独尝。

失恋令人心伤，
落魄致人彷徨。
但我唯有自责，
却从未将你埋怨、中伤。

据说你还时时抱怨，
说我利用了你的单纯与善良。
闻此我大惑不解，
不平中生出些小小的愤懑。

我不是情场上的老手，
亦非风月中的惯将。
我初尝恋爱的滋味，
便为她捧出整个赤热的心肠。

我心无城府，

一生坦荡。

我唯有忠诚，

无须伎俩。

我只是千方百计，

维系着彼此难得的缘分与交往。

我处处呕心沥血，

努力架设着我俩情谊的桥梁。

事情既已至此，

且冷下那赤热的心肠，

我谁也不怨，

只独自咽下这全部的苦涩与哀伤。

我愿忘掉所有的痛苦，

只将美好的记忆珍藏。

你仍是我心目中的织女，

虽然我终非你眼里的牛郎。

"好事好了",
我们相互之间,
无须成为怨敌,
更不必树起人为的高墙。

我诚心希望,
为了彼此共同的文学爱好,
愿我们原有的情谊化为纯朴的同学交往,
互通文墨,互相酬唱。

事败虽然心伤,
为了这最后的希望,
且隐下我寸断的柔肠,
为你祝福,为你颂唱。

愿你与幸运同在,
高唱赞歌,一路阳光。
在这幸福与痛苦交织的情网中,
我只落得两手光光,一腔惆怅。

贺泽军婚嫁

（1975. 05）

四载情谊枉自夸，闻君待剪洞房花。
一纸素笺达微意，贺客莫少我一家。

中秋寄怀

（1975. 09）

碧霄银月照中天，凭栏低吟中秋闲。
遥知玉人微寒意，赏月还需锦衣添。

月夜琴韵

（1975. 09）

秋夜露华重，桂花芳气浓。
抚琴遥对月，声入广寒宫。

题八月桂花

（1975. 09）

花微色不鲜，幽藏绿叶边。
难惹行人目，香气满人间。

十六字令三首·路

（1975. 11）

（一）

路，
风雨泥泞坡无数。
行军急，
踏破十里雾。

（二）

路，

文艺战士今何赴？

新舞台，

田间院坝处。

（三）

路，

为民服务心中树。

方向明，

革命不停步。

观汤正霖老师国画有感（二首）

（1976.01）

（一）

国画花鸟独一长，年迈更得艺名扬。
百卉千树随笔种，隔纸犹可仙桃尝。

（二）

年逾花甲画艺深，红绿浓淡任施分。
但看神笔挥洒处，惊起闲鸥纸上飞。

悼周总理

（1976.01）

噩耗传出惊天外，顿生悲歌恸地来。
寰宇同悼周总理，痛寄人民万千哀。

苦　候

（1976. 04）

五年相交凝痴情，可怜朝朝暮暮心。
有心欲附鲲鹏志，无翼岂作九天行。
曾经沧海难为水，除却巫山不是云。
旧情宿谊割不断，苦心一片候佳音。

端阳感怀

（1976. 06）

端阳花红柳色青，客旅异乡独自行。
遍顾游人皆不识，思亲一念动幽情。

答蔡玲

（1976. 06）

读信喜若狂，谢汝情意长。
不意萍水遇，竟至并蒂香。
甘辛但无怨，苦乐当自尝。
相依同生死，患难共时光。

悼朱德元帅

（1976. 07）

疆场一奇葩，尽得将士夸。
历任总司令，堪称军事家。
功成执帅印，名就大中华。
如今溘然逝，世人常记挂。

毛主席追悼会伤怀

（1976. 09）

天悲地恸哀万千，雨泪交流哭灵前。
垂首肃默悲难禁，仰面太息泪又添。
千秋不朽领袖绩，万代永循导师言。
誓继主席凌云志，共产主义遍人间。

如梦令三首·文艺轻骑队赞

（1976. 11）

行军路上

工厂、军营、山洼，
风雨、严寒、酷夏。
文艺轻骑兵，
铁足遍及天涯。
天涯天涯，
歌声喜暖千家。

演出即景

车间、营房、院坝，
舞台、灯光、脚架。
面向工农兵，
一张幕布高挂。
高挂高挂，
文艺又开新花。

劳动散记

学工、学军、学农，
钳子、钢枪、锄把。
何惧苦和累，
磨起两手茧疤。
茧疤茧疤，
赢得群众盛夸。

哭旭川

（1977. 02）

默默走进旭川的灵堂，
心中涌起无比的悲伤。
凝视着好友的遗容，
痛苦的泪水盈满我的眼眶。

想不到啊！年纪轻轻的你，
曾是那样的青春勃发、活泼健壮，
而今却躺在这冰冷的灵床之上，
如此孤单，如此凄凉。

昨天我俩还握手相向，
今日却阴阳相隔，天各一方。
我无法接受这残酷的现实，
更难相信眼前这悲惨的景象。

我想，这只是一场梦罢！
醒来又会情如往常。
可眼前的事实告诉我，
这只能是无法实现的臆想。

是的，你去了。
在与病魔的抗争中你不幸落败，
带着对人世、对亲朋的眷念，
独自走向那遥远、冷漠的天堂。

天堂虽好，
却只有无情感的神祇，
怎比人间的情爱，
家庭的温暖。

慈母的溺爱弥足珍贵，
朋友的交往情谊深长。
更有情同手足的我们，
难分难舍，挂肚牵肠。

我们同在一个剧团，

同被拴在音乐的纽带之上。

同为音乐陶醉，

同为音乐疯狂。

二胡、扬琴、大提琴的合奏，

伴上亚军雄浑、动情的独唱，

我们四人的绝妙组合，

常常引来人们羡慕的眼光。

共同的情趣、爱好，

相似的见解、志向，

使异姓的我们四人，

相见恨晚，义结金兰。

我们四人中，

你是年龄最小的弟弟，

可你技艺超群，为人坦荡，

深受大家的喜爱与赞扬。

你是剧团最年轻的乐手，
一把二胡出神入化，
驰骋乐坛，
誉满川江。

你用琴声道尽喜怒哀乐，
你用琴声演绎人世沧桑。
如今又用你心爱的二胡，
奏响自己生命的绝唱。

你的一生虽然短暂，
你的离去过于匆忙。
但你却用自己一生的谦逊与勤奋，
开创出一个个耀眼的辉煌。

然而这一切结束得如此仓促、如此突然，
你来不及尽情地享受生活与阳光，
年仅二十便溘然长逝，
怎不令人痛惜，令人遗憾。

做人不能没有理想，
人世也免不了遗憾。
然而最可宝贵的是你将自己，
永远印在爱你之人的心上。

你永远活在我们的心上，
刻骨铭心，终生难忘。
可眼下的大哥送小弟，
实在令人倍加悲痛，倍加心酸。

我们不甘你的离去，
我们不愿你独守凄凉。
我们祈求一见，
再见你满脸灿烂的阳光。

唉！今世相见已无可能，
我们只能相会在那长长的梦乡。
梦中我们重温旧情，
梦中我们再续以往。

我痴痴地守在你的灵堂，
怀抱大提琴黯然神伤。
低沉的琴声环绕屋宇，
悲伤的曲调刺痛人们的心房。
……

浸血的玫瑰·一个凄美的知青故事

（1977.05）

序　曲

在那早已沉寂下来的音乐学院，
在那幽寂僻静的荷花池旁。
竹树环抱着一弯秋水，
皓月洒下银色的柔光。
繁星在夜空中神秘地眨眼，
流萤在花丛中不停地游晃。
四周是那样的静寂无声，
好一个神秘的夏日夜晚。

然而在这万籁无声的静寂之中，

忽而传出小提琴的低声吟唱。

时而激越，

时而舒缓。

时而温馨，

时而凄凉。

仿佛一首长长的抒情诗，

叙述着不堪回首的以往。

在那如怨如诉的琴声中，

充满着无尽的忧郁与怀念，

也夹杂着深深的幽怨和哀婉。

悲怆的曲调，

深情的旋律，

与这原本神秘的夜晚，

情景交融，

正凝成一曲奇妙的月夜幻想，

在广漠、深邃的夜空中，

四散开来，随风飘荡。

……

为王靖民新婚题贺

（1977.06）

两相幽隔路百里，
红绳系定总一家。

题汤正霖老师鹊梅图

（1977.07）

寒蕊尚带宿露，
鹊噪又破晨曦。

滴滴金·贺李秀麒四十寿辰暨升任工程师

（1977.10）

四旬升任工程师，
展眉头，
喜心怀。
不负寒窗功十年，
而今偿夙愿。

重阳又逢寿诞开，
亲朋贺，
致励勉。
奈滇蜀迢递难赴，
遥祝寿百年。

谋书致文、范二君

（1977. 10）

一九七七年，有幸向南充师范学院文运华、范朝元老师借得《红楼梦注释》一书，反复研读，爱不释手，欲拥之，故致信并此诗，请二位老师设法疏通，代我谋得此书。

借得心爱书，喜若春风拂。
有赖疑团解，何愁谬误除。
但恨归期近，却望君与疏。
谋书归己有，从容自在读。

插秧歌

（1978.03）

横看成排竖成行，插完稻秧趁端阳。
贫下中农一双手，又绿祖国大江南。

结婚周年纪念

（1978.09.30）

结缔一年整，相识恰两春。
晨共迎霞出，暮同送日归。
悲愁感离别，欢娱恋依偎。
恩爱愿永继，生死不离分。

醉太平

（1983）

檀板轻敲，
腽鼓数点。
歌罢又舞霓裳，
花团隐笑脸。

美酒易醉，
佳兴难减。
无休宴乐怎了？
只把春风怨。

（摘自1983年于岳池县川剧团与戴亚军合作创作的八幕川剧《包夫人智斩洛阳王》剧本）

歌乐山下的烈士陵园

——写在重庆“11·27”大屠杀三十七周年忌日

(1986.11.27)

朔风迎面袭来，
眼前迷茫一片。
寒冬的山城，
好一个雾的世界。

我从雾中走来，
雾中晋谒烈士的陵园。
离开喧嚣的市井，
汽车在幽寂的山道上蜿蜒。
《红岩》的传颂，
雾都的特点，
更给这巍峨的歌乐山，
蒙上一层神秘的色彩。

来到涛声阵阵的松林坡前，

来到歌乐山下的烈士陵园。
这里早已游人如织，
遍布于峡谷山巅。

你看那银霜满头的老人，
风华正茂的青年，
远处的绿树丛中，
也时有红领巾的闪现。

啊！
这几代人汇成的人流，
正怀着对革命先烈的万分崇敬，
去瞻仰那供奉英魂的灵台。

随着这流动的人群我拾级而上，
在乳白色的雾霭中，
白公馆、渣滓洞……
依次映入我的眼帘。

沟壑纵横，

险峰危岩，
岗亭林立，
电网其间，
再配上那灰黑的高墙，
活现出当年人间魔窟的阴冷与森严。

破旧的遗物，
森然的刑具，
带血的文字，
发黄的照片，
勾起人们无尽的遐想与忆念，
俨然将我带回那逝去的战争年代。

在这里，
我仿佛听到了当年国民党军警宪特的狼嚎，
在这里，
法西斯暴行的痕迹随处可见。

滚烫的烙铁，
尖尖的竹签，

夺魂的电椅，

加上美式的钢丝皮鞭，

这中西合璧的一切刑具，

全用以对付你们的血肉之躯，意志的防线。

但是在革命者大无畏的精神面前，

反动派的企图一次又一次的可耻失败。

竹签钉指钻心痛，

披麻撕皮志弥坚，

烧红的烙铁，

蘸水的皮鞭，

摧不垮共产党人坚定的意志。

铁的棍子，

木的杠子，

撬不开革命者紧闭的牙关，

那是组织的秘密，

战友生命的安全线。

“宁关不屈”，

你们严守着党的纪律。

"坐穿牢底",
是你们动地惊天的壮语豪言。
"洞中才数日,世上已千年",
又活现出你们绝妙的幽默,
乐观博大的胸怀。
面对法西斯的淫威,
你们不屑一顾、纵声大笑,
笑声动摇着魔鬼的宫殿。

面对死神,
你们昂首挺立、无所畏惧。
可那即将到来的新生活,
也同样燃起你们生的欲念。
你们是无畏的勇士,
并非孤情寡欲的神仙。
你们是最富情感的热血儿女,
中国各阶层的社会中坚。

你们渴望自由、向往光明,
憧憬幸福、美好的来来。

你们也曾几度梦中笑醒，
回味与家人的幸福团圆。
绕膝的娇儿，
夫妻的爱恋，
手足的团聚，
父母的慈颜……

但我敢说，
你们想得最多的却是：
劳苦大众的解放，
革命理想的实现。
因为正是为了这些，
你们才背井离乡、投身革命。
正是为了这些，
你们才视死如归、不避风险。

虽然不知自己能否活过今夜，
虽然不知能否亲眼见到胜利的明天，
可为着建设那必将到来的新中国，
你们仍坚持学习、孜孜不倦。

渡过漫漫的黑夜，
胜利的曙光已然显现。
新中国诞生的喜讯，
也悄然传进这幽森的牢监。
你们按捺不住满腔兴奋，思绪万千。
是啊！对于这来之不易的胜利，
为之奋斗一生的事业终将实现，
谁能比你们感受更深，想得更远。

你们渴望亲眼见到雾都的黎明，
你们热盼亲手迎来山城灿烂的明天。
可黎明前总伴有最深最沉的黑暗，
垂死的敌人变得格外的残忍与凶险。
正当我解放大军进逼山城，
正当五星红旗即将插上歌乐山巅，
丧心病狂的刽子手却将屠刀高举，
让死神提前来到你们的面前。

你们倒下了，
在反动派垂死挣扎的罪恶弹雨中倒下了，

失血的脸上没有太多的遗憾，
满盈着的却是：
胜利者的骄傲，
共产党员的尊严。

读着这战斗的诗篇，
翻阅这恢弘壮烈的历史画卷。
我心潮澎湃，
盈盈泪水模糊了我的双眼。

你们不愧是中华民族的精英，
无产阶级革命的中坚。
你们是无私无畏的革命烈士，
永远屹立在雾都的歌乐山巅。
血与火中，
你们获得了永生；
生与死里，
你们履行着共产党员神圣的誓言。

仰望入云的纪念碑，

漫步肃穆的烈士陵园。
英雄的史绩激励着我，
神秘的地方令人忘返流连……

金色的太阳早已升起，
灰白的雾霭也悄然不见。
怀着幽幽的哀思，
带上切切的怀念，
别了！
巍巍的歌乐山，
别了！
阳光下的烈士陵园。

西江月·歇台感怀

——纪念毛泽东《在延安文艺座谈会上的讲话》发表四十五周年

（1987）

去岁西风骤起，
怪论几将人迷。
全盘西化嚣声疾，
有悖国情民意。

《讲话》历尽风雨，
光芒永照不熄。
四十五年犹记取，
一步一个胜利。

注：歇台，即当时四川省委第二党校校址——重庆市沙坪坝区歇台子。

四川省委二党校虎年书法展题对

（1987.01）

虎年将尽雄风在，

玉兔又待广寒来。

〔该书法展正值农历一九八六年（虎年）年底、一九八七年（兔年）将临之际，故有此联〕

西江月·二蒋毕业赠别

（一九八七年七月，蒋宗文、蒋明文先我于四川省委第二党校毕业，临别时以诗赠之）

异地喜逢二蒋，
同事又兼同乡。
中道求学非寻常，
更添一番景象。

唯恨时光飞短，
却喜情谊绵长。
别时依依自难忘，
友谊常驻心上。

屈原祭联

（1988）

年年借得端午水，
岁岁祭奠诗人魂。

（摘自《名人风度趣话》一书中作者所著《狂人屈原》篇结尾诗句）

省委二党校毕业回赠宣明学友

（1988.07）

中道求学幸识君，同窗两载结知音。
不及日后相逢事，话别先自泪沾巾。

附：谢宣明原诗

寒窗两载幸识君，德才相兼立鹤群。
何时与君再相逢，对酒当歌话别情。

田园诗四首·四时农家

（1991）

春

春耕不畏田水寒，吆牛扶犁往来忙。

备得小春三苗齐，人间再无二月荒。

夏

双抢季节倍觉忙，挥镰割倒一片黄。

平整麦地匀秧田，敢教大地换绿装。

注：一片黄，指成熟了的小麦；绿装，指绿色的稻秧。

秋

春种汗水秋结粮，乡村处处挞谷忙。

一夜拌桶响不断，天明家家新粥尝。

注：拌桶，挞谷的工具。

冬

年年冬闲今不闲，积肥千担好沤田。

深翻田土满屯水，又望来春丰收年。

青城山

（1991.07）

群峰环峙似城郭，林木葱茏青色多。
洞天福地隐道观，天然图画去雕琢。
两山夹出天一线，一池洗心石降魔。
问道青城清幽地，天下仙山在蜀国。

注：洞天福地指第五洞天，与天然图画、一线天、洗心池、降魔石均为青城山景点名。

乐山大佛

（1992）

巍巍大佛冠寰中，人工天造巧相融。
脚控双江绝水患，手扶山崖导洪峰。
历经千载终不改，造福一方永传颂。
如今更借旅游业，后人尽享前辈功。

峨眉山

（1992）

山势如峨眉，秀色冠寰宇。
古木参天立，云雾锁涧溪。
登高云海茫，入夜圣灯奇。
金顶观日出，佛光世间稀。

注：云海、圣灯、日出、佛光，为峨眉山四大奇观。

蜀南竹海

（1994）

蜀南有竹海，漫漫无边际。
风动竹摇曳，林密日照稀。

船过三峡

（1995. 09）

乘舟下三峡，船疾似箭发。
激浪冲危岩，涛声震双巴。
绝壁挟江流，翠色浸赤霞。
最恋神女峰，过后犹嗟讶。

注：双巴，双巴即巴郡（东汉末年，益州牧刘璋所置，即今重庆市云阳、奉节县等地）和巴东县（今湖北省巴东县），均为长江三峡所处地域。

登岳阳楼

（1995. 09）

洞庭湖畔登岳阳，烟波望断觅潇湘。
忧国忧民志高远，楼记名篇万古传。

避暑北戴河

（1995. 09）

蓟东北戴河，渤海万顷波。
联峰松柏翠，海滨浴场多。
浪平滩沙软，风和暑气薄。
遍地疗养院，处处闻笙歌。

注：蓟东，河北省东部。联峰，北戴河景区的联峰山。

山海关

（1995. 09）

长城东出渤海湾，蜿蜒西去不复还。
沿途虽然多隘口，还数山海第一关。

注：第一关，山海关城楼上悬有书法家王献之所题“天下第一关”的匾额。

老龙头观长城入海

（1995. 09）

长城万里遥，奔腾如巨蛟。
昂首西北去，尾留渤海涛。

登天安门城楼

（1995. 09）

北京天安门，凝尽中华魂。
城楼巍然立，金水门前横。
前临大广场，后依紫禁城。
登楼一挥手，豪情油然生。

故宫游

（1995. 09）

有幸京城游故宫，眼花缭乱兴无穷。
道道玉栏穷雕意，层层宫殿势恢弘。
方过太和金銮殿，又到乾清坤宁宫。
御花园景更销魂，雍容华贵冠寰中。

五言古风 · 登长城感怀

（1995. 09）

长城万里长，威名震四方。
当年御强寇，而今旅游忙。
山高不惧险，游人意气昂。
登顶群山小，极目长城长。
墙随山脊走，城分内外疆。
烽火连隘口，箭楼接高墙。
秦砖添汉瓦，岁月感沧桑。
堪叹先辈志，双手铸辉煌。

西江月·贺香港回归

（1997.07.01）

清廷腐败无能，
屈从洋炮淫威。
割让九龙与香港，
奇耻大辱羞人。

社会主义中国，
空前繁荣强盛。
一国两制堪宏论，
喜迎香港回归。

北海银滩

（1997）

北部湾上波连波，银滩沙软人迷惑。
风光绮丽日头暖，情人岛上对情歌。

重游故宫

（1998.06）

重游故宫地，再入紫禁城。
记忆虽犹在，地广仍陌生。
物多目不暇，事繁耳难闻。
能穷宫中事，试问有几人。

北京大观园

（1998.06）

熟读《红楼梦》，今游大观园。
美景依然在，不见众裙钗。
怡红院无主，潇湘馆更闲。
处处伤悲情，唏嘘泪涟涟。

西江月·贺广安撤区设市

（1998. 07. 02）

小平同志家乡，
人杰地灵非常。
建区五载铸辉煌，
赢得业绩昭彰。

政治形势喜人，
经济实力更强。
撤区设市意气扬，
再塑广安形象。

三苏祠

（1999. 05）

蜀中多奇才，眉山有三苏。
同朝为官宦，诗词天下殊。

醉太平·贺首届记者节

（2000. 11. 08）

大笔如椽，
唇舌似剑。
喜看无冕之王，
尽将风流显。

引导舆论，
聚焦热点。
赢得党群赞誉，
不负天下愿。

昆明大观楼

（2002. 05. 20）

昆明大观楼，阅尽滇池愁。
长联楹两壁，怀古最为幽。

西山龙门

（2002. 05. 20）

西山有龙门，路险费登临。
传言一跃过，鲤鱼成龙神。
此说虽虚妄，世俗望高升。
为征吉祥兆，牵得众人魂。

云南石林

（2002. 05. 21）

奇峰似剑石成林，千变万化迷人行。
若非上苍穷造化，人工雕凿断难成。

苍山云雨

（2002. 05. 22）

远望苍山墨样痕，如带云烟半山横。
不期一阵山雨至，半隐雾中愈销魂。

洱海渔歌

（2002. 05. 22）

茫茫洱海漾碧波，影入苍山韵味多。
帆影点点金鳞动，夕阳归舟唱渔歌。

蝴蝶泉

（2002. 05. 22）

蝴蝶泉边会金花，阿哥阿妹心牵挂。
纵是偶尔一游过，两情相长伴天涯。

丽江古城

（2002. 05. 23）

丽江古城世称奇，地震难毁劫后余。
小桥流水随处见，曲径深宅几欲迷。
纳西古乐今犹在，小镇风情世间稀。
若非关山相阻隔，恨不举家临水居。

（丽江古城早年历经地震而不毁，沿至今日。）

登玉龙雪山

（2002. 05. 23）

玉龙雪山白皑皑，云蒸雾绕掩容颜。
最喜几朵浮云过，如玉冰峰呈眼前。

云南纪游

（2002. 05. 23）

魂牵香格里，梦惊虎跳峡。
神往玉龙雪，情系蝴蝶花。
惊叹石林巧，快意洱海霞。
更喜丽江美，忘归不恋家。

漓江感怀

（2002. 05. 24）

桂林山水甲天下，漓江风光尤可夸。
绿水漾起千层浪，青山峰回万种花。
一步一景看不够，千变万幻目难暇。
但愿逐波长流去，随尔浪迹到天涯。

桃源梦恋

（2002. 05. 24）

世外桃源世外存，从来只向书中闻。
传言此景阳朔有，勾来多少游人魂。

世外桃源

（2002. 05. 24）

船入山洞暗无光，心怀惶恐意茫然。
出洞豁然天地阔，入目恍若桃花乡。
半裸土人持矛舞，百岁老妪犹洗裳。
男耕女织无纷扰，世外桃源韵味长。

喜接绣球（二首）

（2002. 05. 24）

（一）

世外桃源绣楼下，仰望侗女似彩霞。
斜倚雕栏频相望，难猜情意抛谁家。
楼下游客早骚动，争抢绣球乱如麻。
纷乱之中头一痛，手接绣球乐开花。

（二）

手捧绣球仰面望，抛球侗女美如花。
低头含笑频相顾，粉脸带春泛红霞。
惊喜交集胆却怯，举步不前羞答答。
机缘错失瞬间事，追悔莫及难自拔。

咏 怀

（2002.06）

半生辛劳半生荣，功名小就归山林。
但慰平生少憾事，窃喜日后多闲情。
素慕蜀都风情好，今来蓉城伴野云。
草堂武侯常拜谒，聊赋小诗独自吟。

朝阳湖

（2002. 07）

朝阳湖上迎朝阳，万顷水面泛金光。
游艇画舫竞相走，争览春色论短长。

石象湖

（2002. 07）

湖心一小岛，有寺名石象。
传说多灵验，游人尽焚香。

重上青城山

（2002. 07）

群峰似城垣，翠色浸碧天。
山幽少人至，林密多云烟。
野花迷古道，小径一线牵。
直上云中观，逍遥若神仙。

谢友人·致杨云龙先生

（2002. 09. 13）

跳出公门一身轻，离乡随缘赴蓉城。
方庆无官身自在，又愁商海苦劳神。
起步得仰贵人助，未曾谋面已沾恩。
感念故人乡情好，望北叩谢知遇情。

重开琴台路

（2002. 12. 30）

琴台故径历千年，修葺一新又重开。
琼楼玉宇连排起，翘角飞檐入云天。
三尊铜塑街中立，七弦古琴路边闲。
信手一曲凤求凰，相如当携文君来。

对　联

（2003. 01）

马年将尽，羊年即至，题对联以贺之。

万马绝尘辞旧岁，
三羊开泰迎新春。

情忆浣花溪

（2003. 05）

浣花溪畔柳成行，蓉城女儿洗衣忙。
笑声入云歌不断，一任顺流过草堂。

杜甫草堂

（2003. 05）

浣花溪畔筑草堂，杜公闲居赋诗忙。
名句因酒浑然出，顺流直下百花潭。

登望江楼

(2003.05)

望江公园望江楼，望断锦江无尽头。
沿途多少浣纱女，一路濯锦顺水流。

咏都江堰

(2003.10)

岷江奔涌出大山，一入灌口非寻常。
逢正抽心借鱼嘴，江分内外籍金刚。
深淘滩涂低作堰，遇弯截角护堤防。
千年古堰功犹在，造福后世美名扬。

注：灌口，即灌县，现为都江堰市。（“逢正抽心，遇弯截角”、“深淘滩，低作堰”均为秦朝蜀郡守李冰修都江堰治水名训，镌刻于都江堰侧二王庙石壁之上。）

宝瓶口

（2003. 10）

伏龙观侧宝瓶口，浪花飞溅如雷吼。
疑是蛟龙张牙出，疾唤沉链锁龙首。

玉垒关

（2003. 10）

玉垒山上玉垒关，城楼高耸入云端。
墙垣曲折依山建，绝壁千仞难登攀。
群峰连绵无捷径，一行独路过山梁。
若得一将当关立，万夫莫开若金汤。

喜添外孙

（2003. 11. 15）

年近花甲喜事逢，爱女临盆待产中。
呱呱一声婴儿坠，喜极而泣当外公。

青羊宫

（2004. 01. 23）

繁华都市一道观，闹中求静非寻常。
此地从来仙气重，得道飞升有青羊。

成都武侯祠

（2004. 03. 04）

蜀都武侯祠，汉时昭烈庙。
君臣同祭祀，盖主功自高。
治国隆中对，安邦出师表。
功成三分国，千秋人称道。

草堂怀杜甫

（2004. 05）

偏安成都栖草堂，浣花溪畔赋诗忙。
杯酒落肚诗千句，妙语出口便成章。
心系黎民悲疾苦，胸怀家国忧君王。
一代诗圣千古颂，不朽诗篇万世传。

太白故里感怀

（2004. 05）

自古蜀中多奇才，首推太白诗中仙。
才高八斗无人匹，豪气千丈干云天。
醉时天子呼不去，兴浓斗酒诗百篇。
一生坦荡多傲骨，永留英名天地间。

对　联

（2004.09.26）

2004年3月，成都龙泉驿首届国际桃花节上，主办方以老成都、文人冯水木所出下联“芙蓉花重锦官城”为题，开展有奖征集上联活动，要求上联必须对仗工整，平仄严格，符合格式体例，且后五字系借用前人诗句，所对内容与成都有关。吾所对上联虽错过征联期限，然几经周折，终面呈冯水木先生，并得其亲笔点评：“是所对对联中水平最高之一，完全符合要求，只是征联时间已过，以联会友而已。”

陈永著所对上联：濯锦江通神女馆
冯水木所出下联：芙蓉花重锦官城

注：濯锦江即流经成都之锦江；神女馆即巫山神女庙，《方舆胜览》：“神女庙，在巫山县治西北二百五十步。”“江通神女馆”源自诗人杜甫《遣秋》“养拙蓬为户，茫茫何所开？江通神女馆，地隔望乡台。……”中之诗句。

咏外孙（二首）

（2004. 11. 10）

（一）

紫彤生来性活泼，周岁未满话已多。
牙牙儿语音难辩，误将外公叫罗罗。

（二）

周岁稚童蹒跚行，学唱儿歌不走音。
年幼难解个中意，笑将话筒对镜屏。

爷孙情（三首）

（2005. 11. 15）

（一）

爷孙情感自不同，形影不离朝夕中。
终日嬉戏兴未尽，梦中犹自呼外公。

（二）

隔代亲情尤为重，劳而不烦慰姥翁。
但凡为得外孙事，何辞辛劳一笑中。

（三）

老来辛苦带外孙，自甘劳烦喜盈盈。
终日悉心勤照护，昼夜劳神频操心。
一动一静心相系，一笑一颦总关情。
个中滋味难言表，情深莫过隔代亲。

蜀　地

（2005. 12）

拜水都江堰，问道青城山。
世界两遗产，齐增蜀中光。

西江月·三亚风情

（2006. 01）

旅游胜地三亚，
气候奇特堪夸。
年年岁岁无冬日，
四季浑如一夏。

南天一柱耸立，
处处银滩细沙。
茫茫大海望不断，
恰似海角天涯。

注：南天一柱、天涯海角均为三亚景点。

上里古镇

（2006. 05）

上里风光自不同，屋宇尽带川西风。
一道水渠穿街过，两旁店铺生意隆。
石龙首尾遥呼应，小河左右绿荫浓。
沿岸茶肆随客侃，任尔东西南北中。

谒西昌灵山寺

（2007. 01）

车道蜿蜒入云端，心存善念谒灵山。
佛前虔诚一稽首，愿保家人尽平安。

宿西昌邛海宾馆

（2007. 02）

邛海万顷波，晚舟唱渔歌。
凭栏极目望，点点帆影多。

扬州三月行

（2007.04）

方辞锦城散花楼，又趁三月下扬州。
悉心体味诗中意，来效古人附风流。

扬州瘦西湖

（2007.04）

湖面狭窄水道弯，瘦比西湖亦风光。
多家庭院方连成，还谢扬州众盐商。

杨柳佚闻

（2007.04）

天下昏君数杨广，骄奢淫侈游江南。
拉纤也得弱宫女，行舟岂无歌舞狂。
但念纤女日晒苦，两岸广植柳千行。
遮阳有功蒙圣宠，从此柳树赐姓杨。

扬州御码头

（2007.04）

乾隆六度下江南，驾幸扬州非寻常。
当年龙舟停泊处，至今仍留御马桩。

扬州美人街

（2007.04）

天下美女出扬州，小街一条尽娇羞。
曾蒙圣驾频繁顾，至今此处仍风流。

南京印象

（2007.04）

六朝古都十帝城，虎踞龙盘稀世珍。
背靠紫金山势险，面对长江门前横。
夫子庙前商贾旺，江南贡院多名人。
内外秦淮终一统，箭楼高耸中华门。

秦淮古径

（2007.04）

秦淮古径傍河边，两岸相通赖桥连。
沿街房宇皆古意，临水歌榭不夜天。
商贾林立店铺满，游人如织车马喧。
自古江南繁华地，世人偷得几日闲。

再谒灵山寺

（2007.05）

去年许愿今日还，得遂心愿上灵山。
叩谢菩萨多佑护，全家老幼享平安。

西江月·参观西昌卫星发射中心

（2007.05）

经纬最为理想，
入轨绝佳角度。
西昌卫星发射场，
隐藏神秘无数。

井架巍然矗立，
塔台网线密布。
一箭蓄势待令发，
直入太空深处。

彝家夜宴

（2007.05）

席间方闻祝酒歌，宴罢又见篝火熊。
男女无间翩翩舞，汉彝一家乐融融。

又见女儿国

（2007.05）

曾羡西游女儿国，又见泸沽摩梭花。
母系氏族今犹在，世代仍是女当家。

摩梭走婚

（2007.05）

摩梭风情世称奇，走婚习俗沿至今。
好男不惧爬墙苦，夜夜博得女儿心。

泸沽篝火

（2007.05）

入夜山隐去，院内灯独明。
风助篝火旺，兴高笑声盈。

有感汶川大地震（六首）

（2008. 05）

（一）

五月十二何其神，朝发蓉城赴厦门。
午后刚至下榻处，汶川地震惊世人。
非庆自身劫难过，却虑家人几安危。
关山阻隔无他计，漫卷行装赴归程。

（二）

汶川地震势凶猛，地裂山崩力无穷。
江河改道山解体，房屋倒塌万物空。
父母妻儿多不见，废墟瓦砾寻无踪。
悲天怆地频呼唤，亲人何时一笑逢。

（三）

地动山摇不胜哀，汶川地震苦难言。
房屋财产顷刻尽，男女老幼土中埋。
千金失却可重挣，亲人逝去不复来。
日思夜想情难了，万千哀痛萦心怀。

（四）

汶川地震惊天外，悲声惨号恸地来。
举国上下齐牵动，各族同胞尽伤怀。
千里驰援不畏苦，万民救助竞争先。
地震无情人有情，大爱无疆暖心间。

（五）

汶川大地震，灾难何其深。
毁财难计数，死伤逾万人。
家家无居所，户户有亡魂。
此痛弥久远，悲歌处处闻。

（六）

地震袭来万事空，世间恩怨荡无穷。
贫富无间共罹难，官民不分同遭逢。
人生何苦争长短，是非自然有天公。
淡看身前身后事，但求平安自从容。

寻　根

（2008.06）

地震避难来绍兴，百感交集泪满襟。
此处本是祖籍地，今番趁此欲觅亲。
家谱散失心尤痛，寻根无着泪盈盈。
夙愿未了心不死，他日再作绍兴行。

雨中游兰亭（三首）

（2008. 06）

（一）

羲之书法冠古今，传世神品序兰亭。
真迹自古几人见，常使后学泪满襟。

（二）

寻根访友来绍兴，今日有幸游兰亭。
为睹真迹情难耐，冒雨游园亦甘心。

（三）

为偿夙愿匆匆行，溟蒙雨中游兰亭。
衣冠湿透浑不顾，心神荡漾观书林。
鹅池碑亭依次见，书迹墨痕随处寻。
曲水流觞传佳话，一代书圣羲之情。

绍　兴

（2008. 06）

江南自古多才俊，绍兴历来出名人。
鲁迅恩来人敬仰，感天恸地泣鬼神。

端阳雨中游西湖

（2008. 06）

端阳偏逢雨纷纷，船游西湖欲断魂。
雷峰倒影随波动，苏堤垂柳笼烟云。
徘徊断桥频张望，愿作雨中送伞人。
窃问素贞可安好，似曾依旧拭泪痕。

夜游黄浦江

（2010. 09）

素慕繁华地，今来上海滩。
高楼拔地起，霓虹染浦江。
景随游船动，心逐浪飞扬。
游罢一声叹，盛名不虚传。

初入世博园

（2010. 09）

上海世博园，规模当空前。
异域风情重，诸国园中连。
奇观目不尽，趣闻耳难闲。
分身恨无术，阅尽园中园。

再入世博园

（2010. 09）

再入世博园，依旧人难闲。
奇闻犹塞耳，异景满眼前。
各国任出入，无须入境签。
环球一览尽，游人尽开颜

苏州民居（二首）

（2010. 09）

（一）

青砖黛瓦白粉墙，苏州民居隐水乡。
曲径幽深藏小院，柴扉虚掩透花香。
一条小溪穿街过，两岸乌篷排成行。
呼朋唤友过桥去，茶楼酒肆自在尝。

（二）

苏州民居意如何？青砖黛瓦粉墙多。
家家门前皆临水，户户屋后尽枕河。
推窗得见山青翠，凭栏可观鱼跃波。
最是江南风光好，诗情画意怅寥廓。

苏州探幽

（2010. 09）

曲径寻幽乱人怀，小巷深处柴扉开。
探头相问羞不答，含笑桃花迎面来。

苏州记游

（2010. 09）

姑苏名胜竞生辉，目不暇接难回神。
退思堂前花有语，拙政园中水无痕。
江枫桥上观渔火，寒山寺外闻钟声。
夜游苏河评弹女，呢侬吴语最销魂。

苏州评弹

（2010. 09）

乘船夜游苏州河，得聆评弹兴致多。
纤指拨得琴弦动，吴语曼曲入心窝。

乌镇人家

（2010. 09）

水乡乌镇好风光，杨柳低垂傍河旁。
小桥流水穿户过，隔岸招手话家常。

雨中乌镇

（2010. 09）

乌镇原本好风光，溟蒙雨中愈迷茫。
俨然一幅水墨画，泼出天下俏江南。

乌镇夜月

（2010. 09）

月下乌镇意迷茫，银光如水桂花香。
扁舟一叶划痕过，船橹声声入梦乡。

茅盾故居

（2010. 09）

乌镇虽小地偏僻，藏龙卧虎隐故居。
文风淳厚育巨匠，茅公文彩世间稀。

注：茅公，即新文化运动的先驱者茅盾。

游杭州万松书院有感（二首）

（2010.09）

（一）

万松书院万古传，梁祝一曲痛断肠。
生前难结秦晋好，死后化蝶效鸳鸯。

（二）

万松书院万古传，山伯英台读书忙。
三载同窗身不辨，朝夕共处情已长。
十八相送空暗喻，一朝捅破徒断肠。
抱憾此生终无补，留与后世美名扬。

中秋抒怀赠胞兄

（2010. 中秋）

水是故乡甜，
月是故乡圆。
销魂最是中秋夜，
一任情思邀明月。

附：陈永祥原诗

中秋 答胞弟

（2010. 中秋）

兄弟情相连，
中秋共月圆。
莫道京蓉迢迢路，
同贺佳节喜开颜。

滴滴金·贺春节

（2011. 01）

又是一年春节到，
辞虎岁，
迎兔年。
锣鼓喧天鞭炮响，
人人喜开颜。

万家灯火阑珊处，
频举杯，
醉笑脸。
浓情最是除夕夜，
家家庆团圆。

香港印象

（2011. 春节）

香港自古繁华地，商贾如云闲人稀。
工作生活节奏快，争分夺秒抢先机。

对　联

（2011. 03. 09）

2011 年 2 月，成都市新都区政府在新都区新繁镇营造“繁湖盛肆”项目中，以成都籍当代著名诗人流沙河所出上联“青白水长卫公遗泽今犹在”为题，开展“繁湖盛肆杯——万元征集下联”活动。吾虽对出下联，但再次错过征联活动期限，无奈之下权作自赏矣！

流沙河所出上联：青白水长卫公遗泽今犹在
陈永著所对下联：东湖岸浅繁人造肆古何及

注：东湖，又称繁湖，位于四川省成都市新都区新繁镇。

武隆风光

（2011. 07）

武隆地貌人称奇，天坑地缝世间稀。
数百台阶盘旋下，几千危岩凌空移。
仰头得望天一线，俯首始觉路崎岖。
飞瀑跌落如雷吼，惊心动魄鬼神泣。

兔年中秋致胞兄

（2011. 中秋）

又见月儿圆，
又逢中秋闲。
但愿今夕同聚首，
兄弟共话情相连。

兔年除夕

（2012. 01）

玉兔遁地走，
金龙腾空来。
又是一年相思过，
祝福送来年。

龙年春节游黄龙溪

（2012. 01. 23）

锦官城外黄龙溪，龙年春节愈出奇。
城头箭楼龙吐水，街中小溪鱼逶迤。
家家宅前彩灯挂，户户门上楹联齐。
男女老幼皆出动，游人如织车马熙。

仙人洞怀伟人

（2012. 05）

庐山仙人洞，风光在险峰。
脚下飞云渡，身若幻境中。
遍历诸题记，独仰毛泽东。
任凭风云起，挥斥仍从容。

井冈山

（2012. 05）

巍巍井冈山，威名非寻常。
当年鏖战急，而今旅游忙。
触景萌敬意，睹物生景仰。
革命不忘本，世代永传扬。

龙年中秋致友人

（2012.09）

龙年事事多吉祥，双节双庆喜洋洋。
中秋国庆接踵至，阖家团圆享安康。

致亲家公寿诞

（2012.09）

中秋国庆连寿诞，三喜同庆非寻常。
清茶一杯遥相贺，祝君长寿享安康。

琼海寓所

（2013.02）

我爱五指山，我爱万泉河。
传唱数十载，至今仍讴歌。
不期缘分至，临河得居所。
日日凭栏望，尽览万泉波。

博鳌亚洲论坛会址

（2013.02）

博鳌生来财运昌，暗合阴阳位置强。
生意兴隆通四海，财源茂盛达三江。
自古名言皆认定，而今共话好经商。
亚洲论坛独慧眼，选址此地永流芳。

奇异牛岭（三首）

（2013.02）

（一）

牛岭横亘海南岛，阻断南下寒流潮。
从此气候分两带，北温南热见分晓。

（二）

牛岭山脉非寻常，富含铁矿磁场强。
凌空收尽阴冷雨，不叫寒流过山阳。

（三）

牛岭山阴兴隆镇，夜夜小雨欲断魂。
待得拂晓过岭去，日日艳阳照游人。

琴岛鼓浪屿

（2013.07）

鼓浪屿上好悠闲，葡式洋楼夹小街。
家家庭院花木美，户户飘出琴声来。

洛带古镇

（2013.08）

洛带古镇古意浓，满街尽带酒旗风。
客家文化随处见，民风民俗自不同。

贵州赤水

（2003.10）

赤水逶迤弯又长，隔开川黔各一方。
穿山劈岭夺路去，披荆斩棘行色忙。
两岸青山拦不住，一河赤水向汪洋。
自从红军长征过，四渡赤水美名扬。

丹岩风景区

（2013.10）

赤水丹崖红似火，地貌奇特造化工。
名闻遐迩人尽晓，不与世上一处同。

赤水河大瀑布

（2013. 10）

赤水瀑布非凡响，声如雷鸣震四方。
虽然屈居黄果后，气势不输自流芳。

丙安古镇

（2013. 10）

赤水河畔丙安镇，革命遗迹处处存。
当年红军从此过，一路西去话长征。

生日回赠胞兄

（2014. 03. 26）

弟兄自是情谊重，手足相依血脉同。
生日未到贺先至，心存感念谢意浓。

重游上里

（2014. 05）

上里古镇古意浓，惜毁汶川地震中。
灾后重建显实效，石龙依旧舞东风。

乐府诗章·夏日游西岭雪山

（2014. 07）

夏日邀好友，欣然赴雪山。
老少七八人，消暑且纳凉。
乘车山脚下，众人喜欲狂。
满目青山翠，不见白茫茫。
雪场变草地，滑草照样强。
玩罢欲小憩，半山自寻芳。
林间觅草甸，纷然卸行装。
男士搭炉架，女子备茶汤。
童孙满地跑，嬉戏笑声扬。
俄顷炉火旺，悠然烤肉香。

众人争相上，脚乱手更忙。
刀叉齐上阵，碗筷派用场。
为品美食味，岂顾口烫伤。
朵颐已良久，停箸意未酣。
大人腹已饱，孩童犹欲尝。
美食加美景，亲朋情谊长。
此行乐复乐，此行喜非常。
游罢实难舍，再约西岭玩。

澳门游

（2014. 07. 29）

途径香港来澳门，无意豪掷入赌城。
但得平心细体味，奢华不输大陆人。

芙蓉秋韵

（2014. 09）

芙蓉城里芙蓉花，风姿绰约世人夸。
枝繁叶茂花色艳，占尽秋色独一家。

西安古韵

（2014. 10. 01）

西安古都历史长，首屈一指盖四方。
历代帝王皆看重，建都此地国势强。

溯源长安

（2014. 10）

长安自古人景仰，历代建都多帝王。
武士游侠仗剑走，文人墨客赋诗忙。
日游三秦江山远，夜饮曲江歌舞狂。
京师不知边塞苦，处处笙歌舞霓裳。

西安古城墙

（2014. 10）

西安城墙高又长，雄踞关中御敌顽。
谁说平原无险阻，屹立千年若金汤。

秦兵马俑

（2014. 10）

秦朝兵马俑，威名天下扬。
生前战功著，死后殉君王。

华清池

（2014. 10）

华清池水幸唐皇，专洗贵妃凝脂香。
闲置千年不忍用，留与历史代代传。

大雁塔

（2014. 10）

大雁塔藏三藏经，玄奘归来说凡尘。
大乘小乘佛法妙，普度众生济世人。

柳絮飞白（三首）

（2015. 05）

（一）

蓉城无处不飞花，难敌柳絮满枝丫。
但得一缕春风过，漫天飘舞入万家。

（二）

春来柳絮满天飞，半招喜爱半烦人。
遍沾衣帽挥不去，无可奈何徒劳神。

（三）

柳絮漫天势张狂，路人掩面行色忙。
唯恐吸入眼鼻内，招来病痛添忧烦。

凤凰古城记游

（2015. 06. 12）

凤凰古城凤凰栖，人间美景话湘西。
山深存得古风在，林密隔却尘世羁。
沱江船载游人返，吊脚楼暖旅客依。
星夜空濛华灯上，难辨天地待晨曦。

雨中游张家界

（2015. 06. 14）

群峰如笋拔地起，直指苍穹景色奇。
云蒸雾绕藏万象，风轻雨细隐玄机。
一行小径入云去，两侧山峦随影移。
虚无缥缈张家界，恍若仙境人迷离。

赴日游归来有感

（2015. 07. 12）

勉从日本游，心中五味陈。
归来无一语，再不赴东瀛。

题越南下龙湾

（2016. 02. 18）

桂林山水甲天下，不及下龙风光佳。
万顷海面碧波漾，三千岛屿水上插。
光怪陆离溶洞景，千姿百态峰峦花。
海阔洞幽岛更美，世界奇观人人夸。

注：越南下龙湾被誉为世界八大奇观之一。

诗韵接龙同学会

（2016. 04）

阳春三月，三五同学汇聚成都塔子山公园九天楼下，饮酒品茗，畅叙幽怀，不亦乐乎！兴致所至，竟以诗接龙，互为酬唱，似效古人之雅趣。然吾等韵律初通，诗句浅陋，实则打油，贻笑大方矣！虽如此，仍不忍湮没，抄录于后，以飨学友，亦望斧正也。

——陈永著

故友阔别四十秋，今日相聚九天楼。
太安鱼府吹西风，谈古言今乐悠悠。

（余先雄）

次韵和先雄诗一首

故友聚会乐悠悠，笑声盈满九天楼。
借得明前茶一盏，共话沧桑意难休。

（陈永著）

乐悠悠，意难休，少年转眼成老朽。
望君健康家和顺，平安快乐享余秋。

（余先雄）

成老朽，享余秋，夕阳无限何须忧。
相约十年白头后，乘兴再登九天楼。

（陈永著）

虽白头，仍勿忧，同窗情谊忆永久。
但愿来世再相遇，凤山麓下续春秋。

（刘中灿）

时难留，意难休，夕阳西下已暮秋。
借得网络一席地，同窗群中乐无忧。

（段善良）

再见柳絮

（2016. 05）

又到春季飘柳絮，今年柳絮缘何稀？
盖因树木多避孕，打针输药绝花期。

再游青城山

（2016. 08. 04）

八友结伴游青城，山幽林密绿莹莹。
小径蜿蜒路峻险，湖畔风清茶提神。
农家腊肉香犹在，乡野老酒醉更深。
游罢前山观后岭，处处美景尽销魂。

中秋致四川省委第二党校同学

（2016. 09. 15）

回首当年聚渝州，中道求学意未休。
难解同窗离别苦，喜借网络话中秋。

街子古镇

（2016. 10. 01）

街子古镇声名扬，灾后重建焕容光。
一扫旧貌皆不见，两旁房舍尽重装。
古塔依旧临街立，牌楼照样迎客忙。
店铺馆舍无闲处，吃喝玩乐俱周详。

喜逢故友致青年诗人王富强

（2017. 03. 03）

失联已数载，重逢泪唏嘘。
见面话不断，握手情堪依。
难得同爱好，更喜共志趣。
人生贵知己，但愿倍珍惜。

寿期将至有感

（2017.03）

倏忽七十载，不觉已古稀。
本当弹冠庆，却愁近寿期。
何忍劳亲友，更烦收贺仪。
旅游过生日，胜过十桌席。

台湾行

（2017.03.17）

素有旅行结婚例，今尝出游度寿期。
携妻偕友赴宝岛，逍遥自在庆古稀。

台湾松山机场有感

（2017.03.17）

赴台抵松山，机场何其小。
难与大陆匹，毕竟一海岛。

台北一〇一大厦

（2017. 03. 18）

台北一〇一，高耸入云霄。
雾来不见顶，云去始妖娆。

台北鼎泰丰

（2017. 03. 18）

小吃鼎泰丰，美誉遍寰中。
今到原产地，味道自不同。

台北故宫观感

（2017. 03. 18）

台北有故宫，气势亦恢宏。
文物难计数，珍宝更无穷。
虽从大陆来，亦有保存功。
他日回归后，两岸喜交融。

故　宫

（2017. 03. 18）

南北二故宫，规模各不同。
南宫重精品，北宫数量宏。
馆藏分两地，保存俱有功。
两岸统一日，更可互交融。

日月潭二首

（2017. 03. 19）

（一）

台湾日月潭，美名播四方。
丛山含碧水，花树吐芬芳。
一湖春水绿，千帆竞渡忙。
游人多雅兴，但听歌声扬。

（二）

日月二潭波连波，一湖碧水深几何。

画舫载得游客动，玄光寺中唸弥陀。

登阿里山

（3017. 03. 20）

素慕阿里山，今日得登攀。

树多山自美，林密天愈凉。

方见三代木，又闻樱花香。

最叹神木壮，天下概无双。

生日寿贺

（2017. 03. 23）

时年逢金鸡，二月值寿期。

贺电纷然至，来庆古来稀。

注：公历 3 月即农历二月。

乐府诗章·生日咏

（2017. 03. 23）

赴台已数日，寿逢七十秋。
为逃生日宴，特来台湾游。
意在图清静，借此免应酬。
今日果不假，轻松且自由。
身边发妻在，陪伴有二刘。
人虽三四个，兴致未可休。
昨晚筹寿礼，未雨先绸缪。
今晨入玉店，遍地忙转悠。
左挑且右选，上楼复下楼。
处处皆留意，唯恐礼不周。
妻知吾所好，晓我爱讲究。
耐心细挑选，终不负所求。
玉佩当胸挂，路人多回头。
心喜气自爽，处处倩影留。
午餐随团坐，欢笑满酒楼。
亲友频致意，暗作生日酬。

同游人不知，举杯亦随流。
午后复游览，再作台北游。
晚上赏夜景，吸尽人眼球。
回房忙微信，聊天话不休。
美食加美景，整日乐悠悠。
如此过生日，试问复何求。
此生乐复乐，此行意难休。
劝君多效仿，生日去旅游。

注：二刘即刘文桂、刘淑贞两姐妹。

次韵和恬章学友

（2017.06.04）

书房拍照非显摆，为有小鸟停窗沿。
得蒙学友吟诗赞，惭愧更觉喜连连。

致宣明

（2017.06.04）

书法优劣贵自知，方表吾言非谦词。
谢汝直言相评点，与君共勉待来日。

诗联恬章学友

（2017.06.04）

腹藏诗书气自华，兼听则明不妄夸。
心谢宣明点评语，助我他日成书家。

步恬章诗韵题利敏牡丹图

（2017.07.10）

数枝牡丹纸上栽，无须雨露花常开。
但得笔下功夫在，何愁蜂蝶不自来。

附：雷恬章题利敏牡丹图

一束牡丹用墨栽，不沾雨露四季开。
根深叶茂春常在，只叹无香引蝶来。

秦楼月·中秋赠永祥胞兄

（2017.10.04）

话中秋，
弟兄异地复何求。
复何求，
举杯遥祝，

同上层楼。

偏是天公不与谋，
蓉城夜雨几时休。
几时休，
难见圆月，
且寄乡愁。

附：陈永祥原词

秦楼月·中秋

（2017. 10. 04）

中秋节，
香柚酥饼酬明月。
酬明月，
玉宇澄碧，
万顷银白。

弟兄骨肉血一脉，

千里乡关何言别。

何言别，

珍重今夕，

天赐福泽。

出书感怀

（2017. 10. 16）

年届七旬犹自忙，出书事事费周章。

收集整理颇繁琐，编辑校对须周详。

出版非图名和利，初心只为了衷肠。

馈赠亲友作纪念，留予世人赖传扬。

后　记

受家庭的影响与学校之熏陶，吾自幼酷爱文学，喜好艺术，诗词歌赋、琴棋书画，概莫能外。之于诗作，当始于一九六八年春。当时客居四川简阳公园之际，有感于颠沛流离的生活与难解的思亲恋乡情绪，试着吟成小诗数首以抒胸臆，孰料自此与诗词结下不解之缘。于是乎读诗、写诗、吟诗，兴趣日盛，一发而不可收。之后凡遇重大事件、特别感悟，吾均会有感而发，咏成一律，借诗词以言志，借歌赋而达情。迄今四十余年，得诗词、联句数百首，每以片纸相录，或夹于书籍之间，或混于杂物之内。但因年代久远，数次迁徙，多有散失。所余诗稿亦零散纷乱，难以收藏、查阅，加之诸多亲友索要，故萌生出书之念久矣！时至今日，吾退休赋闲在家，方重拾诗稿，整理成册、结集出版，权作对吾诗作之归结与宿愿的了却，既为自赏，亦可飨他人。如是之，吾愿足矣！

本诗集所辑诗作，跨时四十余载，反映了吾在不同历史时期、不同社会背景下对社会、对人生、对情爱、对大自然的体验与感悟，且诗集以时间为序，这些小诗似可看作是洒落在吾心路历程上的花瓣雨，沁人心脾，于是乎，定诗集名为《心路诗雨》，并蒙《星星》诗刊编辑部列入“中国·星星诗文库”推出。

由于本诗集所辑诗作多受当时社会背景的影响和自身素养的局限，个别地方恐不合当前时宜，诚望读者见谅。

二〇一七年秋于成都

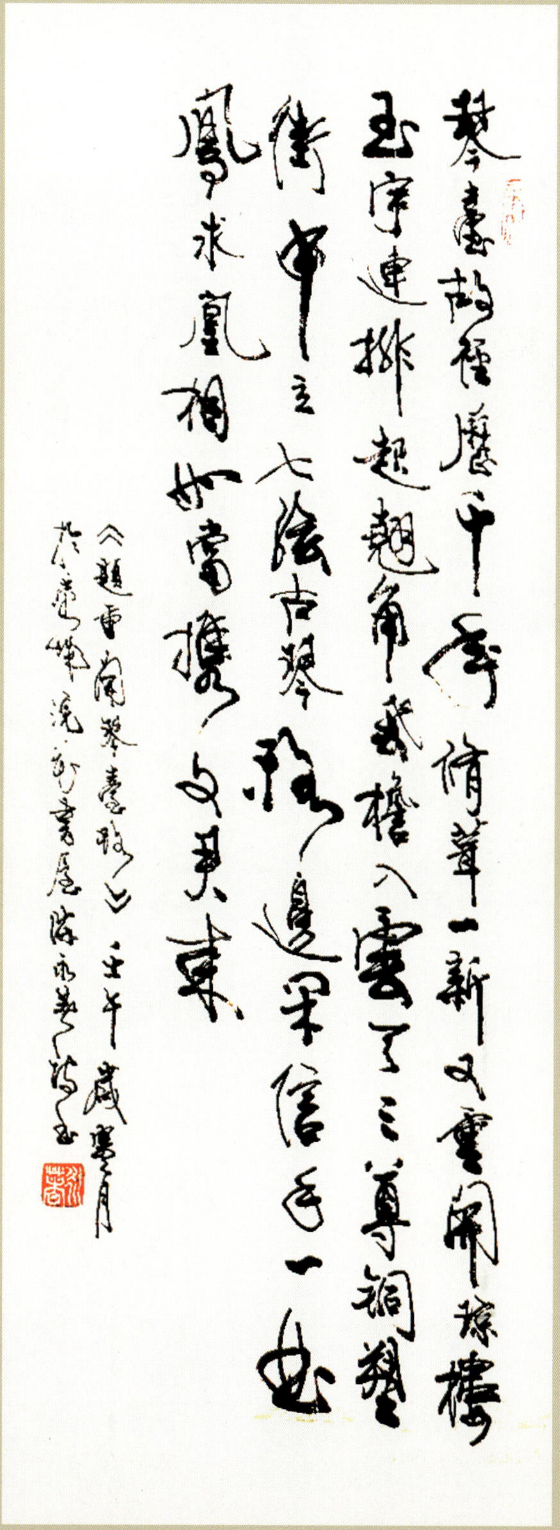

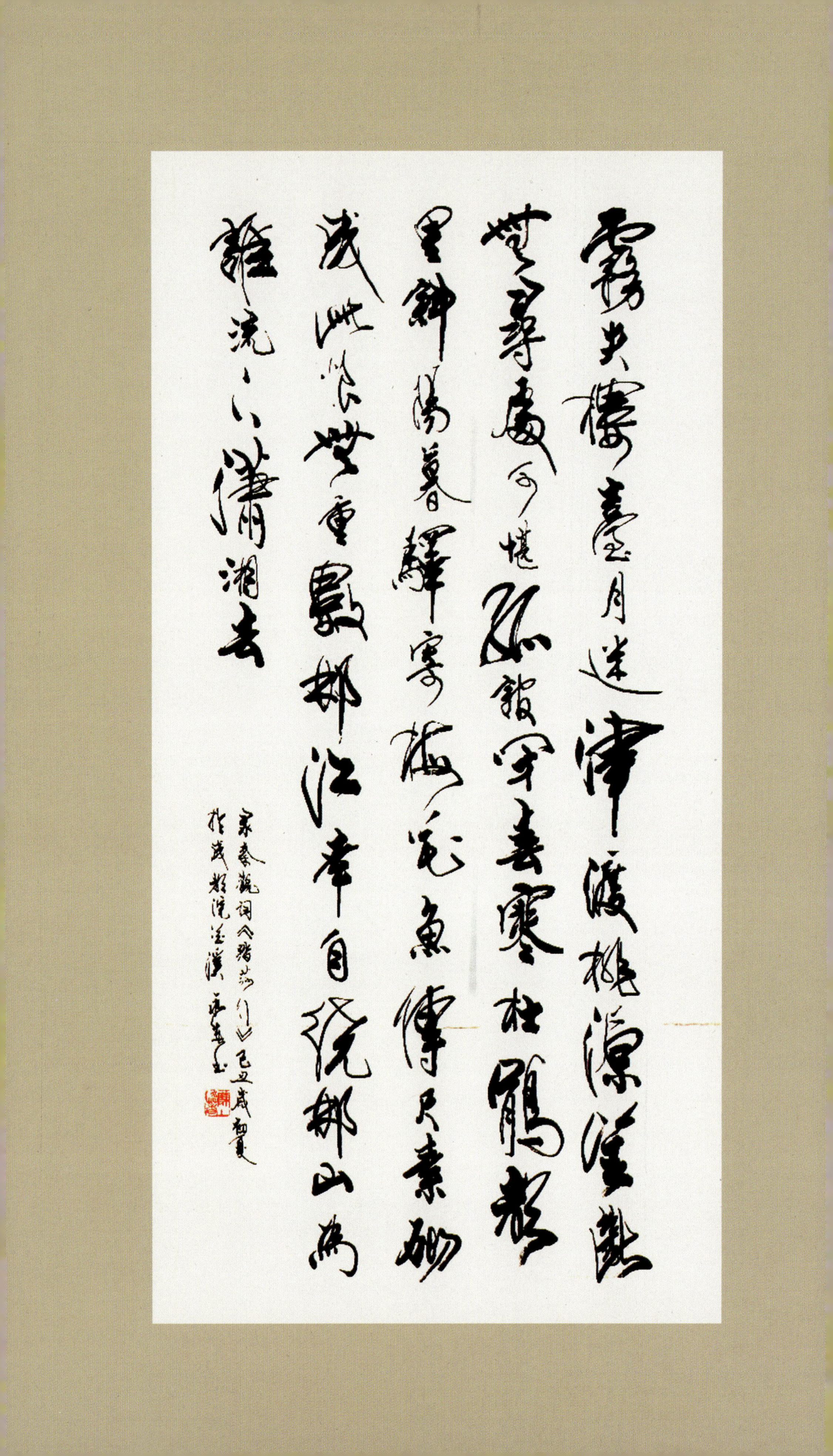
雾失楼台
月迷津渡
桃源望断无寻处
可堪孤馆闭春寒
杜鹃声里斜阳暮
驿寄梅花
鱼传尺素
砌成此恨无重数
郴江幸自绕郴山
为谁流下潇湘去
宋秦观词《踏莎行》己丑岁初夏

遠上寒山石徑斜
白雲深處有人家
停車坐愛楓林晚
霜葉紅於二月花
錄杜牧詩《山行》

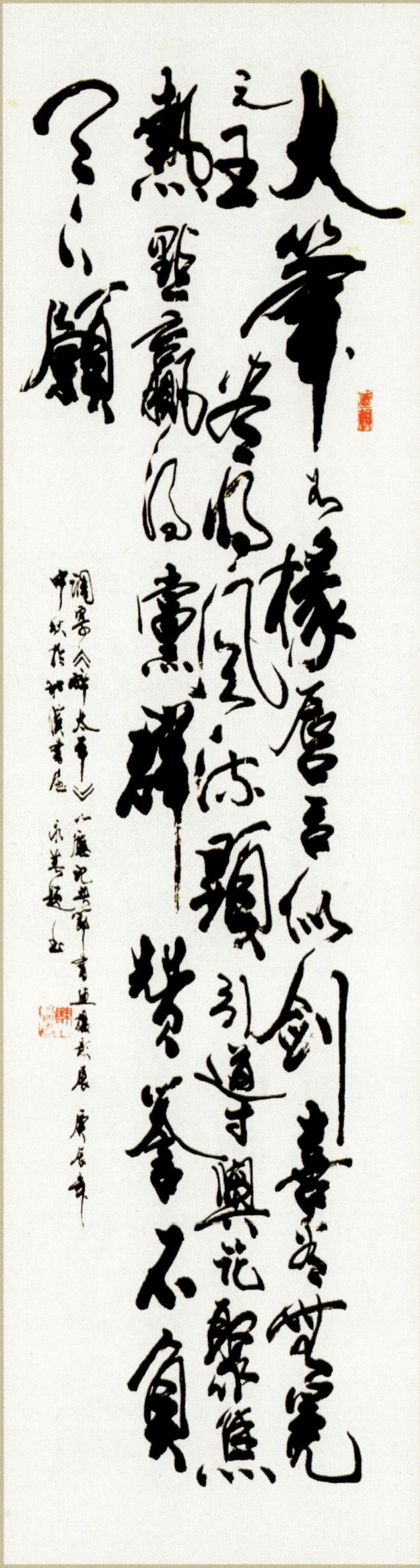

庆历四年春，滕子京谪守巴陵郡。越明年，政通人和，百废具兴。乃重修岳阳楼，增其旧制，刻唐贤今人诗赋于其上，属予作文以记之。予观夫巴陵胜状，在洞庭一湖。衔远山，吞长江，浩浩汤汤，横无际涯；朝晖夕阴，气象万千。此则岳阳楼之大观也，前人之述备矣。然则北通巫峡，南极潇湘，迁客骚人，多会于此，览物之情，得无异乎？若夫霪雨霏霏，连月不开，阴风怒号，浊浪排空；日星隐曜，山岳潜形；商旅不行，樯倾楫摧；薄暮冥冥，虎啸猿啼。登斯楼也，则有去国怀乡，忧谗畏讥，满目萧然，感极而悲者矣。至若春和景明，波澜不惊，上下天光，一碧万顷；沙鸥翔集，锦鳞游泳；岸芷汀兰，郁郁青青。而或长烟一空，皓月千里，浮光跃金，静影沉璧，渔歌互答，此乐何极！登斯楼也，则有心旷神怡，宠辱偕忘，把酒临风，其喜洋洋者矣。嗟夫！予尝求古仁人之心，或异二者之为，何哉？不以物喜，不以己悲；居庙堂之高则忧其民；处江湖之远则忧其君。是进亦忧，退亦忧。然则何时而乐耶？其必曰"先天下之忧而忧，后天下之乐而乐"乎。噫！微斯人，吾谁与归？时六年九月十五日

范文正公岳阳楼记 壬申年[illegible]

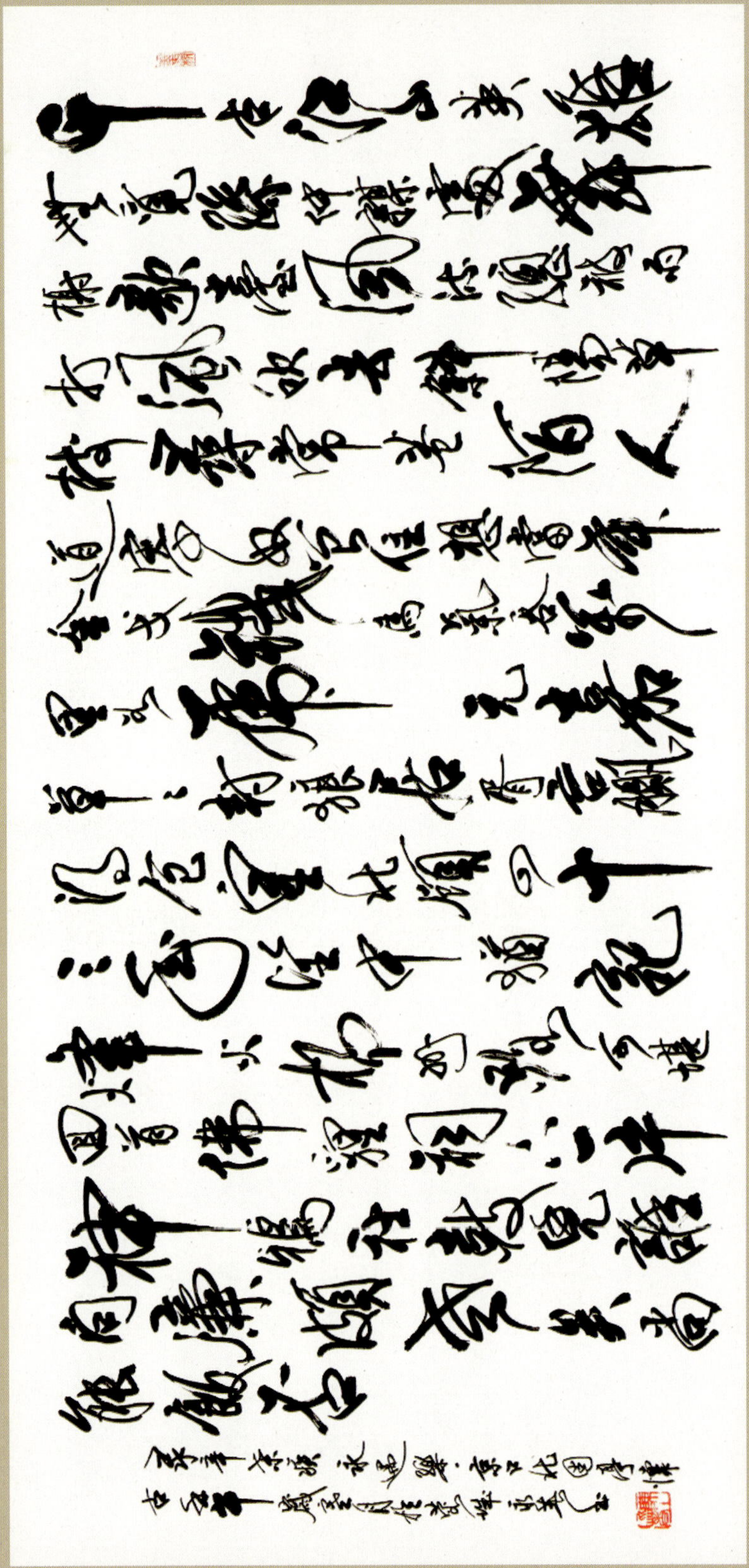

歸

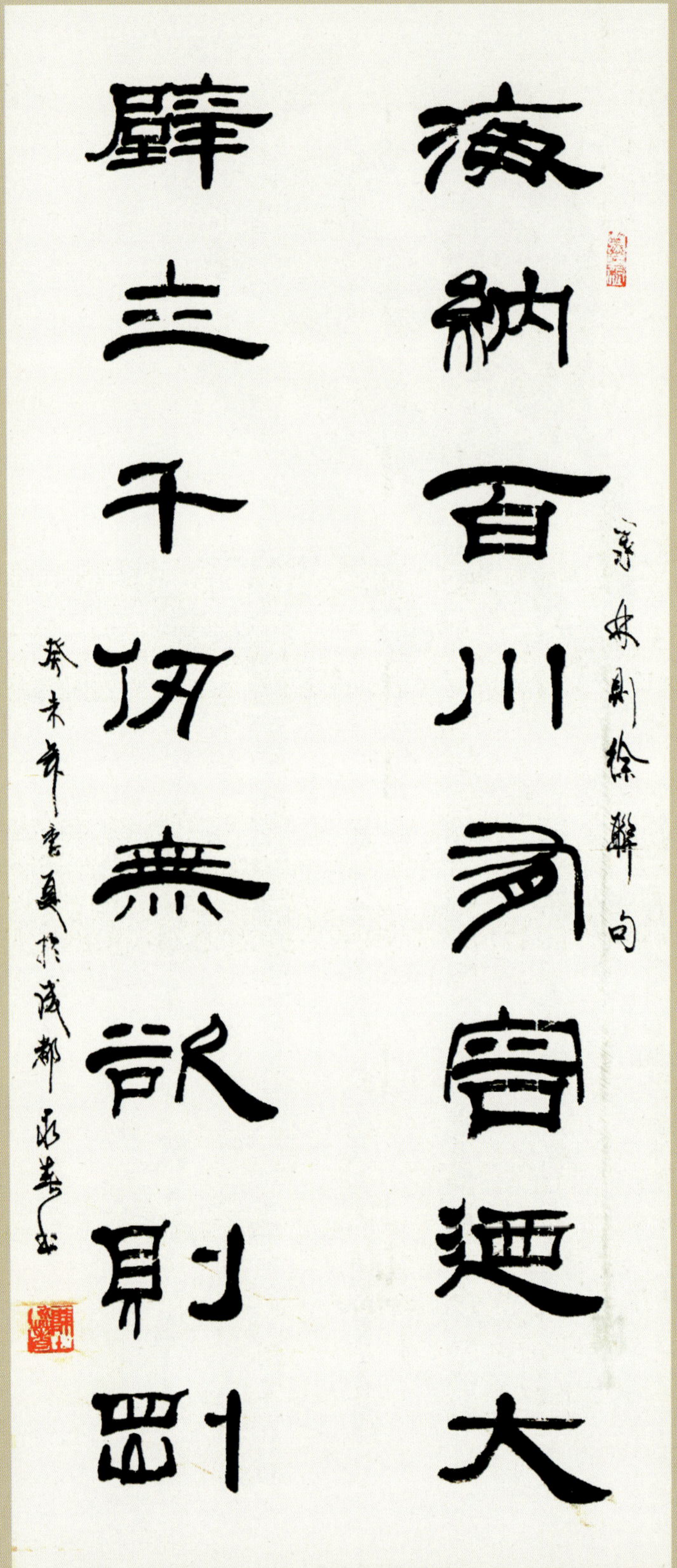
海納百川有容乃大
壁立千仞無欲則剛
錄林則徐聯句
癸未年盛夏於銀都

永和九年歲在癸丑暮春之初
會于會稽山陰之蘭亭脩禊事
也羣賢畢至少長咸集此地有
崇山峻領茂林脩竹又有清流
激湍暎帶左右引以為流觴曲
水列坐其次雖無絲竹管弦之盛
一觴一詠亦足以暢叙幽情是
日也天朗氣清惠風和暢仰觀
宇宙之大俯察品類之盛所以
遊目騁懷足以極視聽之娛信
可樂也夫人之相與俯仰一世
或取諸懷抱悟言一室之內或
因寄所託放浪形骸之外雖趣
舍萬殊靜躁不同當其欣於所
遇暫得於己快然自足不知老
之將至及其所之既惓情隨事
遷感慨係之矣於今所欣俛仰
之興懷況脩短隨化終期於盡
古人云死生亦大矣豈不痛哉
每攬昔人興感之由若合一契
未嘗不臨文嗟悼不能喻之於
懷固知一死生為虛誕齊彭殤
為妄作後之視今亦由之視昔
悲夫故列叙時人錄其所述雖
世殊事異所以興懷其致一也
後之攬者亦將有感於斯文

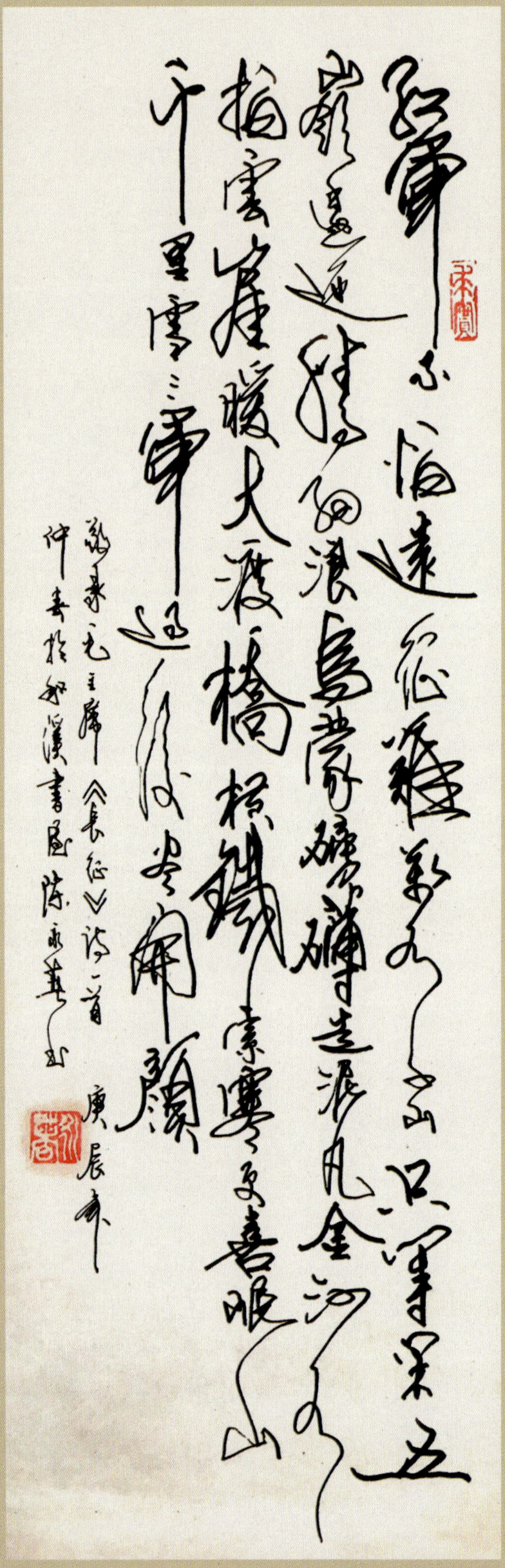
红军不怕远征难
万水千山只等闲
五岭逶迤腾细浪
乌蒙磅礴走泥丸
金沙水拍云崖暖
大渡桥横铁索寒
更喜岷山千里雪
三军过后尽开颜
庚辰年
录毛主席《长征》诗一首
仲春于银川书画院

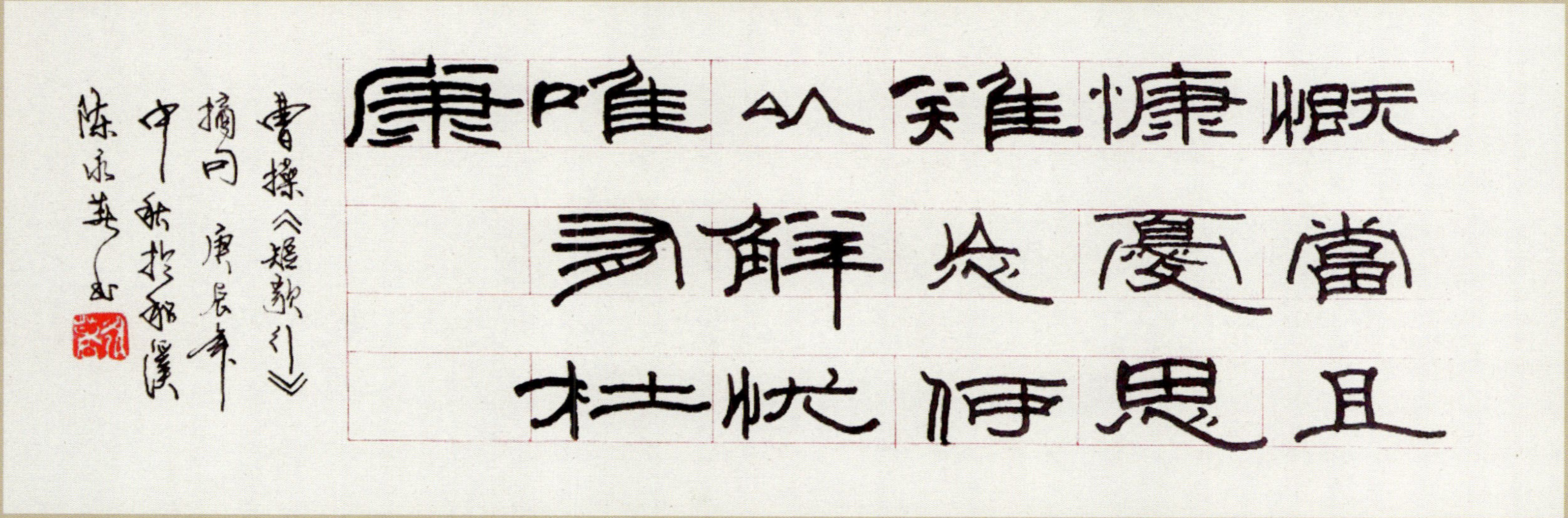
慨當以慷
憂思難忘
何以解憂
唯有杜康
曹操《短歌行》
摘句 庚辰年

陆游词《钗头凤》

紅酥手黃縢酒滿城春色宮墻柳東風惡歡情薄一懷愁緒几年離索錯〃〃春如舊人空瘦淚痕紅浥鮫綃透桃花落閑池閣山盟雖在錦書難托莫〃〃

唐婉次韵奉答

世情薄人情惡雨送黃昏花易落曉風乾淚痕殘欲箋心事獨語斜闌難〃〃人成各今非昨病魂常似秋千索角聲寒夜闌珊怕人尋問咽淚妝歡瞞〃〃

庚寅年於滎陽浣花溪畔 永華書

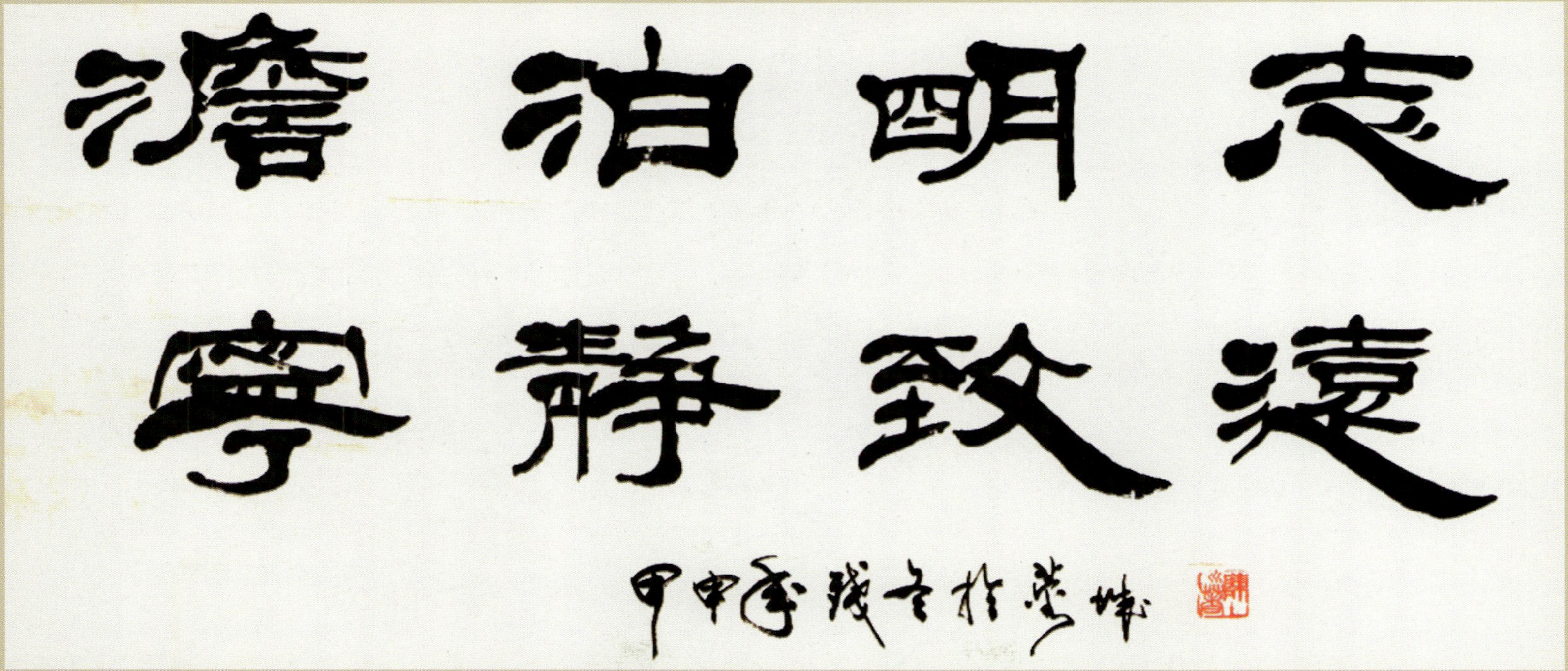
澹泊明志
寧靜致遠

溪山深远图

万里归舟图

翠色凌空图